Première édition dans la collection *lutin poche* : octobre 2004
Adaptation française : Frédérik Leboyer

Titre original : « Swinging and Swinging » (Harper and Row, New York, 1976)
Loi numéro 49 956 du 16 juillet 1949 sur les publications
destinées à la jeunesse : 1977
Dépôt légal : octobre 2004
Imprimé en France par Aubin Imprimeur à Poitiers

À Charlotte Zolotow

Une petite fille sur une balançoire...

Une histoire de Fran Manushkin
racontée en images par Thomas di Grazia

lutin poche de l'école des loisirs
11, rue de Sèvres, Paris 6e

Une petite fille
sur une balançoire
se balançait, se balançait,
quand
tout à coup

un petit nuage
lui tomba
sur la tête !

« Eh, là !
qu'est-ce que tu fais sur ma tête ? »
dit la petite fille.
« Je me repose »,
dit le nuage.
« Tu es tout doux »,
dit la petite fille.
«Et oui», dit le petit nuage, « je suis tout en vapeur. »
« Alors, on va se balancer »,
dit la petite fille, enchantée.

Et en avant
et en arrière.
Et tout en haut
et tout en bas !
Les voilà tous deux partis.

La petite fille
et le nuage
donc se balançaient
quand
tout à coup

voilà le soleil
qui tombe
sur le nuage !

« Mais qu'est-ce que tu fais
sur mon nuage ? »
dit la petite fille.
« J'ai tellement chaud ! »
dit le soleil.
« Tu ne veux pas
me balancer ? »
« Bien sûr que si »,
dit la petite fille.

Et en avant
et en arrière !
Et tout en haut
et tout en bas.
Les voilà tous trois
qui se balancent.

« Comme il fait bon »,
dit le soleil, tout rafraîchi,
quand
tout à coup

voilà la lune
qui tombe aussi !
« Qu’est-ce qui t’arrive ? »
dit la petite fille.
« Je m’ennuyais sans mes amis »,
dit la lune.
« Je peux aussi me balancer ? »
« Bien sûr ! »
dit la petite fille.

Et en avant
et en arrière.
Et tout en bas
et tout en haut.

« Qu’est-ce que c’est bon ! »
dit la petite fille.
« Qu’est-ce que c’est bon ! »
dirent tous ensemble
la lune et le soleil
et leur ami, le nuage.

Et tous quatre se balançaient
quand
tout à coup

voilà qu'une pluie d'étoiles
qui étincelait
de partout
leur tombe dessus.
« On veut jouer »,
dirent les étoiles,
« et il n'y a plus personne
dans le ciel. »
« Venez », dit la petite fille.
« Venez, venez jouer avec nous. »

Et en avant et en arrière.
Et tout en haut et tout en bas.

Ça se balançait
tout
de partout.
Et, même, on entendait les étoiles faire :
« Ouiiiiiiiiiiiii ! »

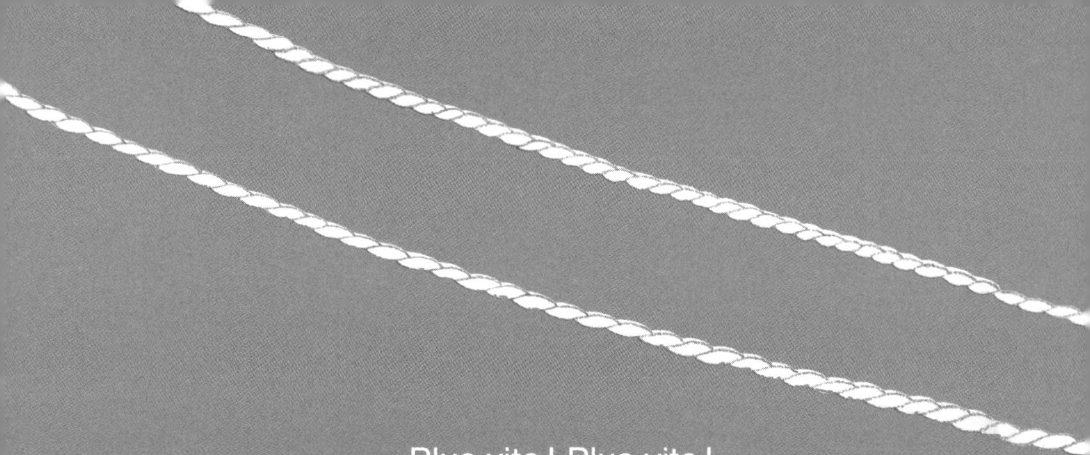

« Plus vite ! Plus vite ! »
disait le nuage.
« Plus haut ! Plus haut ! »
faisait la lune.

« Tenez-vous bien ! »
disait la petite fille.
« J'y vais ! J'y vais ! »

« Encore plus haut ! »
criait le soleil.
« Encore plus vite ! »
criaient les étoiles.

« Ouuuuuuuuuuuuuuuui ! »
faisait la petite fille,
« qu'est-ce qu'on s'balance !
Oh, la, la. Oh, la, la !
Ça y va ! Ça y va ! »

Et ouiiiiiiiiiiiiiiiish !
Voilà toutes les étoiles
et le soleil
et la lune
et le nuage tous repartis d'un seul coup
aux quatre coins du ciel.

« Qu'est-ce qu'on s'est amusés ! »
dit le soleil.
« Encore ! »
dirent les étoiles.
« Encore ! Encore ! »
dit la lune.

« Oui, oui, bientôt »,
dit, en bâillant,
la petite fille.
« Une autre fois. Sûrement.
Bonsoir, bonsoir »,
dirent ses amis,
qui bâillaient tout autant.

Le soleil s'installa
bien à son aise
sur le nuage.
Et les étoiles
et la lune
regardaient
la petite fille qui bâillait
et soupirait et souriait
tandis que, sur sa balançoire,
elle continuait d'aller
et en arrière
et en avant
en haut, en bas,
en bas, en haut,
et en arrière et en avant
et en avant
et en avant…